Hermann Gottfried

Im Broda schded a Watschnmau

Wienerische Gedichte und Bilder

KAISER
MÜHLEN
VERLAG

Edition 2018

Impressum

Texte, Bilder und Gestaltung: Hermann Gottfried
Layout, Satz und Druck: Kaisermühlen Verlag, Wien

ISBN 978-3-200-05807-1

„Mit Humua ged's Lebm leichta"

für Herrn [illegible]

[illegible]

13.12.2018

Im Broda schded a Watschnmau
dem jeda in de Goschn
a Feste einebauntschn kau,
es kost nua a poa Groschn.

Und hod eam ana ane brakt,
daun faungta au zan ratschn,
a Zaga hintam Schädl zagt
de Groft vo dera Watschn.
Waun ana zuaschlogt, schdengan d Leit
rundumadum und glotsn.
Glei kumt da nägste hea und schreit:
„Jetzt gib eam i a Fotsn“.

Waun ana se ned leidn kau,
daun wiad a aundra droschn,
ea suacht se gschwind an Watschnmau,
und gibt eam a boa Floschn .
Und is ka Fetsnpuppn do,
so wia im Wuaschtlbroda,
daun watschn mia wen aundan o,
Hauptsoch a Detschn hoda.
Da Kuat, mocht seine Augn zua:
“Domois, do wor i no a Bua,
do hots den Watschnmau no gebm,
is dea no iagndwo am Lebm?”
Ea grotst se in de graun Hoa,
do foits eam ei wias fria woa.

LUSTIG SO A RINGLSCHPÜ, IS A HEZZ
UND KOST NED VÜ!
H.G.16

Rundumadum

„Kuati, schau, a Ringlgschbü,
is a Hetz und kost ned vü."
„Deaf i duat des Hutschpfead nema?"
„Einsteign, einsteign, gemma, gemma!
Bei da Kassa schreit a Mau:
„Zoid wiad nocha, glei geds au!"
„Hui, des draht se owa gschwind,
umadum ois wir a Wind!"
„Kuati, hoid di au aum Pfead,
wäu sunst ligst ma auf da Ead!"
„Schau so lustich is des Hutschn,
sets di hinta mia in d Kutschn,
Papi, bei da negstn Tua,
nimm des Lisal a dazua!"

Märchenland

Dornröschen ist ein schönes Kind,
Schneewittchen seinen Prinzen findt,
der Hans im Glück kehrt froh zurück,
das Rotkäppchen bleibt nicht allein
und grüßt das tapfre Schneiderlein.
Das Rumpelstilzchen schimpft und stampft,
der Wolf die sieben Geißlein mampft,
das Tischlein, das sich selber deckt,
der Hansel, der die Hexe neckt,
Esel, Katze, Hahn und Hund
mit Geschrei aus ihrem Mund
Räuber zum Verduften bringen.
Christkind-helle Glöckchen klingen.
Zauberer wird eine Maus,
Kater macht den Gar im aus,
Krampus folgt dem Nikolo,
Rübezahl schaut gar nicht froh,
Zwergerl lacht dich freundlich an.
Schön ists in der Grottenbahn.

Schmoischbuabaun

„De Liliput is heit kaputt
des kaun amoi bassian,
i hoff es wiad eich ned schenian,
i gräu jetzt unta d Lok
und waun i do ned ois vabokk,
kennts muagn wida foan.“

H.G.16

Geistabaun

Do drinnat in da Geistabaun,
do schaun di wüde Gschbensta aun:
Da Gasbock schreit, da Teife grinst,
a Gschbenst greift zua, du manst du schbinst.
Auf amoi rumplts untam Sits,
es gruslt an, es blitst a Blits.
Da Tod zagt da des Schdundnglos,
a schiache Krot glotst ausn Gros,
vo obm kumt a Schbinnarin,
du gschbiast ia Nets auf deina Bian.
Duat dribm sitst a Menschnfressa
und schbist an Haufn Leit auf s Messa.
De Hex hearum im Kessl riad,
da Uhu schreit wias finsta wiad.
Des Wagl reissts jetst im Zik-Zak,
im Finstan greift da wea ins Gnak.
Ma hod do in dem duklen Hittl
a reschpektables Kreislaufmittl.

Bumm

Autodrom schdet auf an Schüd
„Eisteign, eisteign!“ ana brüd
Und de Leid, ob kla ob gros
schdeign ei, de Foat ged los.
„Pepi, kumm, de foama um -
schreit da Kuat - und glei mochts bum!“
Den zwa Madln, de im Kras
brav dahifoan, wiad gaunts haas, wias
kapian dass de Bagasch
schpitzt auf a Karambolasch.
Grod wias um de Kuafn breschn,
head mas rumpln, head mas kleschn,
wäu de besn Buam den beidn
unscheniat den Weg oschneidn
und de Madln kreischn laut,
wiasas schdoppt und fire haut.
„Ned so deppat, meine Hean!“
Head ma den Besitsa pläan.

De zwa Schdrizzi haun se o,
foan daun sche brav im Rundo
hinta denan Madln hea,
tuan ois waun nigs gwesn wäa.

„Aussteign, aussteign!“ ana schreit,
aus de Wagaln kräun de Leid.
„Woin de Damen gean a Eis?“,
ruaft da Kuat, de Madln lochn:
„Woitsas wida guat jetst mochn?
I mecht Schoko mit Zitrone!“
„I mecht Himbea mit Melone“

KASSA

Tschin bumm krach

„Wia hast du ? " „I bin de Mali!"
„Und dei Freindin?" „De haast Vally".
„Kummts, mia haum do a Idee,
gemma zua da Schiassbude."
sogt da Kuat, da Sepp muas lochn:
„Jo, jetzt los mas uandlich grochn!"
D Vally grinst de Maly au,
mid an amüsiertn Gschau.
D Maly sogt: „Na gemma hoid,
wauns den beidn Herren gfoid."
„I schiass fia de Maly Rosn."-
sogt da Kuat. „I bok de Dosn!"-
grinst da Sepp, trifft dass es scheppat,
olle Dosn - bist du deppat!
Do da Kuat schiast nua danem:
„Kaun i da mei Gwea do gebm -
Peppi - vielleicht driffst du bessa,
bist jo a a bissl gressa,

vielleicht scheangl i a zvü, waun i
auf de Rosn zü.“
Und da Peppi trifft auf d Wuatsln,
daß de Bleamln nua so buatsln.
„Sachte sachte liawa Hea,
des is ka Maschinengwea!“ -
grinst da Schiassbudnbetreiba
heans se schiassn wia a Reiba!"
„Kuatilein tua di net kränkn,
kaunst da Mali d Rosn schenkn.
Fräulein Vally, do schauns hea,
se, se griangn den Teddybäa.“

M. G. 16.

Schau, schau

„Tapp, tapp, tapp, do geds jo ned,
wäu vua mia do ana schded.
Ausn Weg, wea san denn sie?
Jessas na, des bin jo i!“
„Hallo, Kuati, sog wo bist?“
„Mali, do, a so a Mist!
Schdö da vua, i hätt am End
mi fost söwa nidagrent,
wäu mei Gaung ois Hindanis
mit an Schbiagl ogschbeat is!“
„Kuati, heast, schpü ned den Blindn,
wiast do woi no aussafindn!“
„Mali, kum, am bestn fliag,
wäul i sunst an Gachn griag!“
„Dua di-und hea auf zan grantln-
aun de Schbiagln weidahantln
und daun bleib sche hinta mia,
duat is e scho d Ausgaungstia“

„Gott sei Daunk, jetst sama draussn,
Mali, gemma auf a Jausn!“
„Amoi dra ma uns no um,
sogt de Mali-waast warum?
I wü no a Foto mochn,
wäu daun hauma wos zan lochn.
Sichst du de zwa Schbiagln duat?“
„Jo, i sichs.“ sogt drauf da Kuat.
„Kuati, kum, mia schdön uns hin,
du schaust blad aus und i dinn.
Jetst vatauschma unsre Pläts“
„Mali, heast, des is a Hets:
Sigst, wia i gschwind schlaunk wean kau
und du blad und fett - schau schau!“

Brodagreitsfoat

„Wos is duat dribm fia a Gschrei?“
„I glaub des muas des Schduamboot sei,
kum Mali, gschwind, do tschek ma ei!“
„Mei liawa Kuat i bin so frei.“
„Schdeigns ei - schreit ana - glei geds los!“
„Kum Kuat - sogd Mali - auf mein Schos,
wäu olle Bläds san jetst scho voll.“
„Des moch i gean, de Foat wiad toll,
i hoff, du schbeibst ma ned ins Gnagg!“
„Geh Kuati, hea do auf, pfui gagg
und schnoi uns liawa au min Guat
sunst kipp ma vire und san fuat.“
Des Schduamboot faungt jetst au zan hutschn
de Leit hean auf ia Eis zan lutschn,
damits ned auf ia Gwandl drentsn.
Den Kindan iare Eigaln gläntsn,
wäus Schaukln so a Gaude mocht.

De Mali hintam Kuati locht:
„Do brauch ma auf ka Greitsfoat ge,
im Schduamboot is genauso sche,
des Seightsiing mid tausnd Leid,
im Mittlmea, mi e ned gfreid."
Da Kostn schauklt jetst gaunts wüd,
a jeda Zweite schreid und brüd
und unt head ma an schbötisch blean:
„Es weats ma do ned seegraunk wean"
Da Schduam is aus, de Leit gräun owe,
da Kuat sogt: „Mali, heast do howe
mi richtich woigfüd auf dein Schos,
de Gaude de woa dopped gros!"

H.G.16

Umadum

„Kuati, foama Ringlgschbü,
is a Hets und kost ned vü!"
„Pepi heast des hot zu mia
d` Mami gsogt, mia is ois wia
wauns eascht gestan gwesn wäa
und ned fufzig Joa scho hea.
Schau, des drat se nimma schnö
und es wogglt scho des Gschdö."
Drauf da Sepp: „Ge sei ned fad,
d` Hauptsoch is dassa se drat.
I schdeig auf des Motorradl,
nem dem feschn Wiena Madl,
du sets di duat auf den Zweag!"
„Auf des oide Grafflweak,
bei dem fost de Höfte föd?
Na do is ma lad ums Göd!

Gemma liawa auf a Bia,
wäu i hob an Duascht ois wia,
kum mia gen ins Schweitsahaus!“
Steigt da Sepp hoid wida aus,
zoid und denkt: Es woa amoi,
leiwaund woas auf jedn Foi.

Aufe und owe

Jö, schauts, duat vuan fliagt a Waggon
Gaunts ohne Radln - schwubbs - davon.
Ea hängt zum Glick aun a poa Staungan,
denn kana kennt den aufdafaungan,
waun dea auf amoi owafollat
und auf des hoate Pflosta knollat.
Zeascht unt, daun obm, daun wieda unt,
wias Lebm rennt, so geht‘s do rund.
Ma waas ned wia es wiad do obm,
waun sis zum drahn aufaungt wiast ghobm,
es tauchn auf de Bam, de Heisa,
da Stefanstuam, des Schloss vom Kaisa.
Gaunts obm gibt‘s an kuazn Hoit:
Ma sicht jetzt bis zum Wienawoid,
zua Donau und noch Obalaa.
De Menschn unt san liab und kla,
ma heat ka Schimpfn, heat kan Schtreit,
wia Aummasn so wualn d‘ Leit.

30
H.G.16

Daun oba gehds wieda bergo,
vo do herobm, des is hoit so.
Bist traurich, wäust heruntn bist
und denkst: Des Lebm is a Mist?
Do hättast di net aufetraut,
daunn wissast ned wia d'Wöd ausschaut.
Des Lebm is wia a Riesnrod,
sche waun ma so vü gsegn hod.

Wogsfigurenkabinett

Da Kuati hod sei Frau valossn,
jetzt schdeda schmäschdat auf da Schdrossn
und denkt „I geh - des wa ned bled,
ins Wogsfigurenkabinett“
Im aungenehman Dämmalicht
ma lauta Kapatsunda sicht:
Duat dribm glotst da Kennedy,
ois frogat ea: „Sog kenn i di?“
Da Martin Luther King duat drim,
dramt imma no: „I have a dream.“
Den Hitler, na, den suach i ned,
i hoff nua, dass dea niagns schded!
De Marilyn schaut liab und fesch,
vafiararisch aus ihra Wäsch
und east de Romy Schneida duat,
da oide Schwarm vo unsan Kuat,
ea denkt an Augnblick: „I boggs!
Des geht jo ned, de is aus Wogs:“

Ea damed um des negste Eck
und wischt se a poa Tränen weg.
„Des Fräulein Wurst, des brauch i ned,
wos duri mid an Mau im Bett.“
Jetzt geda ausse in de Nocht,
hoit se sein Kopf und want und locht:
„Hob i vielleicht z vü Viadln gsoffn?
Jetzt hob i an gaunts schenan Offn.“

LADY
GAGA
H.G. 16

„Wia was mid uns? Geh Buali kumm!“
haeda a Schdimm, draht se ned um
und denkt: „Na jo des woa amoi,
i waas ned wos i mochn soi?“
Des Lebm mocht eam wenich Freid
eam blogt de Oitaseinsaumkeit.
„De Mali is jetzt a ala,
und sicha singts ned dralala,
des Keppln miass ma beide biassn.
I kennt ia a poa Rosn schiassn,
wia domois nochn Autodrom,
do hätt is jo fost ausseghobm.
Vielleicht wogst iwas Streidn Gros,
wea waas, vielleicht wiads wida wos.“

Madame Tussaud
WIEN
H.G.16

Requiem

Im Schweizahaus, im Schweizahaus,
do schaut de Wöd so gnusprig aus.
De Schdödzn liegn umanaund,
des Fett rinnt iwan Döllaraund,
de Griagln haum an weissn Schaum,
da Biadunst geistat duachn Raum.
Im Broda, drinn im Schweizahaus,
do sitsn d Leit beim Schdötsnschmaus.
De Bana hoidns in da Haund,
min Bia, do leschns eanan Braund,
se denkn nigs, se redn kaum,
wäus so a guades Papal haum.

Um Mitanocht, im Schweizahaus,
do schaut de Wöd so grauslich aus:
Vuabei des Baumpfn, Schmazn, Saufn,
da Rest a muadstrum Banahaufn.
De Krauna schdoan wia schwoatse Gschbensta
auf des Masaka hintam Fensta.

Schweizerhaus
HERZLICH WILLKOMMEN
H.G.16

Hokt duat net in da Mauaeckn
a Brodahegs min Zaubaschdeckn?
De Bana de kriagn wida Flagsn
und vüle, vüle Schweindlhagsn
schden auf und faungan au zan waundan,
in Reih und Gliad, ans hintam aundan,
ois hoidatn sa se am Schwanzal,
wia bei an Schweinetotntanzal.
Jetzt ziagtsas ham, jetzt kumt da Trost,
ka Plotsaungst mea, ka Gittarost,
vuabei de lebnslaunge Gwoi,
da Himml is a weida Schdoi.

Des Licht ged aus unds Bublikum
huast, reischbad se, wiad schdü.
Es gfreid se auf sei Gaudium,
schbü, Bupmschbüla, schbü!
De Grosmuada, de scho schlecht head,
den Sepp, dea se nigs draut,
den Brintsn, dea min Wundaschweat
den Zaubara vahaut.
Vo Liab und Eifasucht a Gschicht,
vo Rita, Deife, Dod.
Loss finsta wean und wida licht,
blau, göb und feiarod.
In dein glan Kastl segn de Leid
de gauntse weide Wöd,
des Gschbü vo Sensucht, Schmeats und Freid,
de Gia noch Mocht und Göd.
Zag hea dei Hegs, de fliagn kau,
min Besn, duach de Luft,
den Koschba, wira kek und schlau
ind Kistn lokt den Schuft.
Und waun de gauntse Eadn brend,
das kans mea Lebm wü,
du drogst an Drost auf deine Händ,
schbü, Bupmschbüla, schbü!
Fian Ambrosius Lager-zan 125 jârichn Juwileum H.G.91

Den Watschnmau, den gibts heit no
schdet hinta ana Scheibm,
woascheinlich isa driba froh
und hofft ea kaun do bleibm.
Heit laugnt eam kana ane mea,
aus is jetzt mid de Detschn,
wäu hintas Glos kaun kana hea,
eam bleibt nua d oide Bletschn.

4.6.16

Witsgschichtn

H.G.93

Ealich

„I geh in de Safnfabrik-
sogt ana - vielleicht howe Glick.
schdott sandln a Hüfsoabeita,
des wa am End - denk i - gscheida."

Boid ramt a vom Lostwogn owe,
mit ana Hubschtaplagowe,
de Kistn, augfüd mit Knochn,
de s brauchn zan Safnkochn.
Ea hod a Idee: „An glan Haufn
vo d Knochn kennt i vakaufn
gaunts hamlich aun d Konkurrenz,
i bin iwazeigt kana kennts."

Doch nichts ist so fein gesponnen,
alles kommt an die Sonnen:
Da Chef schreit wüd und entschlossn:
„Se Diab, se san fristlos entlossn!"
„Gehns schreims a schens Leumundszeignis,
weu sunst mei Karrier wida aus is"

„Sans narrisch, wos soit i denn schreibm,
ia Oaweitsmoral woa zan schbeibm!“
„No schreims i woa echt unentbehrlich,
woa fleißig und ollaweu ealich.“
„Se ealich? Do kaun i nua lochn,
se fladan Knochn seit Wochn!“
Do schaut dea Mau gaunts unschuidich
und sogt: „Weans ned ungeduidich!
Schreibms afoch: Ea hod nigs vabrochn,
woa ealich - bis auf de Knochn.“

In Kanada

In Kanada do woar amoi
de Forstolympiade,
woan Hoitsknecht do vo iwaroi,
teuls schmächtige, teuls blade.
De Schiedsrichta schaun eana zua,
wias sagln und wias hockn,
se schaun von Zeit zu Zeit auf d Uah
und zön de Bam, de s bockn:
Da Beste legt in ana Schdund
drei Fichtn aufn Bodn,
ea kriagt Applaus vo olle und
den easchtn Preis fias Rodn.
Do kummt a glana Mau dahea:
„Hobts es auf mi vagessn?“
De Hoitsknecht schrein: „Wos wü denn dea?
Kummts gemma liaba essn!“
„A Hackl hea!“ schreit volla Zuan
des Mandl, d Hoitsknecht lochn:
„Wos wü dea mit da Hockn tuan,
dea bricht si olle Knochn!“

Des Mandl schwingt sei Instrument,
tuat scheinboa ohne plogn,
wia waunna nimma aufhean kennt,
den gaunzn Woid umschlogn.
„Heast - brülln de Hoitsgnecht volla Neid-
wo host trainiert du Schneida?“
Da Glane reibt si d Händ voi Freid:
„In da Sahara!!!“ gschreida.
„Duat gibt’s do kane Bam, ka Hoits
in so an haßn Klima!“
Da Klane grinst und sogt voi Schdoits:
„Jo do hobts recht: Jetzt nimma!“

S neiche Gwaund

A Mau hoid se sei Gwaund o,
browiads no bei sein Schneida:
„Des drukt ma jo mei Haund o
und a de Hagsn!“ schreida.
Da Schneida sogt: „Se miassn
se nua a bissl bukn,
den Rock bis obm schliassn,
de Gnia auf d Seitn druckn.“

Zwa Mauna segn eam hatschn:
„Dea is zimlich ealedigt,
und kipt fost aus de Latschn,
vielleicht berufsgeschädigt.“
„Am End a Dodngrowa,
dea ghearat zu an Boda,
wia dea daheagräud, owa
an guadn Schneida hoda .“

Schrewagartla

Es schdenkan iwan Rosn
zwa Schrewagartla und
da ane hod an Hosn,
da aundre hod an Hund.
„Dei Hund - sogt dea min Hosn-
dea gherat dekoariad,
de Wiaschtln in dein Rosn
san exzelent blatsiad.“
„Dei Hos grobt dafia Lecha,
de Haufn auf dein Grund,
 im Gros wean ima hecha“,
sogt grantich dea min Hund.
So fliagn de Freindlichkeitn
fost deglich iwan Zaun.
„Miasts es denn oiweu schdreidn?
beschwean se eanre Fraun.
Do zad da Hund, dea Kerl,
amoi den Hos dahea
und legtn vua sei Herrl,
maustot, a so a Gschea!

„Heast; Oide, schau im Zaun duat
a Loch!“- wischbat da Mau.
Se drauf: „Heast des is net guat,
jetzt Papa, sama drau.“
„Waast wos, sogt drauf da Vota.
do hob i a Idee,
kaum a Valetzung hoda,
mia butzn eam recht sche
und wiats auf d Nocht daun finsta,
gräu i duachs Loch im Zaun
vaschdeck de Leich, - so grinsta-
de Grantla de wean schaun!“

Am negstn Dog schrein d`Nochboan
„Heats unsa liawa Hos,
nochdem mia kuats beim Wiat woan,
woa weg und Bluad im Gros,
a Schdikkl Fö beim Flida,
haum glaubt, s` woa eicha Hund.
Auf amoi sitst a wida
im Schdoi , a Ruabm im Mund."

Fuat mit ia

„Du, Rudi - sogt da Bobi
an Haufn Zores hob i
mit meina Frau Gemahlin,
dass i scho gaunts aum Saund bin
vom ewichn Gezetta,
waast du ma ned an Retta?
I kauns nima eatrogn!“
„Kauf ia an flottn Wogn-
sogt listich drauf da Rudi-
daunn foats vielleicht, vamut i,
duach d Gegend wia besessn
und wiad se gach daschdessn.“

Zum Rudi, ocht Tog schbeda,
da Bobi jaumat: “Jeda,
sogt gaunts vablüft und neidich:
Frau Gräfin se foan schneidich!

Ka Red is vom Daschdessn,
se wü mi no eabressn
und sogt: „No gschwinda wari,
du kaufst ma an Ferrari!"
Da Rudi sogt: „S wa gscheida,
du gest-s deia leida-
an Jaguar besoagn,
i kennt da jo wos boagn."
„Dea Plan is zwoa vawegn,
do i eab ia Vamögn,
den Rest vo ia vagrob i!"
sogt grimmich drauf da Bobi.
Noch wida ana Wochn,
muas da Grof Bobi lochn:
„Du, Rudi ohne Witze,
dei Plan woa afoch Schbitze:

Da Jagua im Kölla
woa wiaklich no vü schnölla.
Mei Oide frogt: „Wos griag i?“
„An flottn Schlittn, liag i
und hobs zu da Garasch brocht.
Se hod des Dial aufgmocht,
a bissl hob is gschdessn,
a Schbrung - daun hod as gfressn.“

H.G.05

Da oame Mops

De Sunn scheint sche, a Mopsal gehd
schbatsian, a laues Liftal wed,
ea füd se einsaum und valossn,
mid seina bradn, schdumpfn Nosn.
Auf amoi locht sei dumpfes Gschau,
ea sicht a fesche Hundefrau
auf an Balkon, mid weissn Fö,
des spitze Nasal in da He.
„Ge, kum und ge mid mia schbatsian!“,
da Mops, dea schreids mit hassa Schdian.
„Des ged ned - ruaft des Freilein Hund-
mei Heal is grod gaungan und
de Wohnungsdia is bumfest zua,
i kaun ned ausse, liawa Bua.“
„Na schbring hoid owa, e ned schwiarich!“,
schreid drauf da Mops und schaut gaunts giarich.
„I hupf do ned zu dia auf d‘Schdrossn,
mid meina schenan schbitsn Nosn-
schreid gaunts empöad de Hundefrau-
wäu i sunst schiach wia du ausschau!“

Da Baua und de Beirin

Da Huawabaua
is a Ruabmbaua
auf de Beirin isa
meistns saua.
Vuan am Traktoa sitsta,
vo da Oaweit schwitsta
und de Beirin sitst a
aufn Aunhänga hint.
Do faucht a gacha Wind:
„Heast, jetst foa owa gschwind-
schreid d Beirin - a Weda kimmt!“
drauf da Baua brumt:
„Olaweu keplst und
hoid endlich amoi dein Mund!“
Hintam Traktoa grochts,
und an Boscha mochts:
Hui, woa des a Blits,
d Beirin hebts vom Sits:
„Oiweu bei so an Weda,

heast du wiast ollaweu bleda!“
„Olaweu des Getseta!“,
schreit drauf da Baua gaunts saua.
Aufamoi grochts wida,
a Blits saust nida,
beim Traktoa gaunts noh,
da Baua schreit: „No!“
und ea dukt si,
de Beirin hint vaschlukt si.
Jetzt foans grod ban Bauanhof eine,
ma head scho s gruntsn von d Schweine,
do daschlogt a fuachbora Blits
de Beirin hint auf ian Sits,
se glescht gegn de Bauanhofmaua,
„No endlich !“ schreid do da Baua.

S` ungsunde Bett

Sogt zu ian Mau a Frau:
„Mei Bett schded gaunts genau
auf ana Wossaoda,
des gschbiad sogoa mei Koda."
„Wohea waast des scho wida?“
sogt drauf da Mau gaunts zwida.
Drauf sie: „S‘ hod ana gmessn,
i bin danebm gsessn,
wia se des Pendl draht hod,
obwoi ka Liftl gwaht hod.
Im Bett duat schlof i nimma,
des muas ins Nebnzimma!“
„Zu meinen schenan Sochn?
Des loss i da ned mochn!”
sogt drauf da Mau gaunts hantich.

Drauf sie: „Wea ned glei grantich,
du soitast ned vagessn,
i koch da brav dei Essn,
gaunts frisch, ned aus da Dosn
und wosch da d Untahosn,
s Bett kummt ins Nebmzimma,
herausn schlof i nimma!“
Da Mau sogt drauf: „Schwaumm driwa,
des Bett des kummt nua iwa
mei LEICH ins aundre Zimma,
do diskutia i nimma!“
Drauf sie: „Do foid ma wos ei:
Soll des leicht a AUNGEBOT sei?“

H.G.2000

Kumd ana ham

A Mau hod zhaus sein Huad vagessn,
drum geda nochn Mittogessn
no amoi ham um eam zan hoin,
weula aum Obnd - do muasa gfoin-
den Fiaman Ehrenring soi griagn.
In sein Biaro, no auf da Schdiagn,
meakt a, daß eam da Schlissl föd
und denkt se: „Seawas, des is bled,
na hoffentlich is d Oide zhaus,
sunst buag i ma an Tschako aus.
Ea leit aun seina Wohnungsdia,
se mocht eam auf, - ea schdoat gaunts schdia:
De Oide schded fost noggat da,
mit Höschen nua und kan BH.
Valegn schlogts de Augn nida:
„0 God, o God, du kumst scho wida!"-
sogt se zu eam und wiad gaunts kla -
„Hob glaubt es is da Briafdroga."

De Witspartie

Fünf Mauna sitsn um an Tisch,
a bissl grau scho, nimma frisch.
Jetzt sogt dea ane: „Hundatvia!“,
de aundan lochn auf ois wia.
A zweita sogt jetst: „Siebmundsiebzig“,
de aundan finden des sea witzig
und lochn se drauf schief und krum.
A fremda Gost denkt se: Warum
lochn de bled iwa a Numa?
Denan ia Hian is - scheints - vakuma.
De Zoin de fliagn hin und hea,
se lochn, kenan fost ned mea.
Da Fremde sogt: „Es seids varukt,
hod eich ins Hian wea einegschbuckt?“
„Sans schdat, sans ned so frech, sie, sie....,
mia san a klasse Witspartie
und wäuma olle Wits scho kennan,
brauchn mia nuamea d Numma nennan.“

Da Fremde drauf: „Daun sog i: Ocht.“
Ea schaut herum, do kana locht,
todernst hockt jeda auf sein Sits.
„Da ochte wäa a guada Wits,
sogt ana - heans, schauns ned so bled,
se haum eam ziemlich schlecht dazöt.“

Sogt ana...

Wissts, - sogt zu seine Freind a Mau -
woraun is Oidwean meakn kau?
Sich i wo fesche Weiwa schdeh,
waun i auf d Nocht ins Wiatshaus geh,
e auf a glanes Viatl nua
und gschwind mei Waumpm eitsiagn tua,
dabei ois wiara Mopsal schnauf
doch s Baucheitsiang foid kana auf.

H.G.99

Beim Heirign

Es ged a oida Tschecharant
in Neiwoidegg zua Residant.
Duat sitst sei Schbetsi bei an Wein
und ruaft eam zua: „Herein, herein!“
Ea hebt sei Glasl in de Heh,
„Alan is Drangln hoib so sche!“
„Jo - sogt da aundre, do host recht!
Waast wos i amoi vo dia mecht,
wauns aus is und i gschduabm bin?
Am Schdeabdog gest zan Friedhof hin,
bringst mia a Viadl zu mein Grob,
an Ziafandla den i so mog
und schitst eam laungsaum driwa aus,
des leere Glos drogst wida zaus.“
Drauf sogt da Freind: „Des moch i gean,
i hoff es wiad di ned sea schdean,
waun i des Viadl zeascht - waast wos -
mia iwa d Niandln rinna los?“

H.G.00

Nochn Heirign

Am Himml locht a Schdeandal,
a Mau vua an Lateandal
draht mid da Haund an Schlissl,
ea schwaunkt dabei a bissl
und lallt: „Glei wiada schdeckn!“
Do biagt nebm eam um d Eckn
a Kiwara, dea sicht es
und frogt eam: „Heans wos is des?“,
beidlt dabei sein Schedl:
„Wos mochns do, se Bledl?“
Drauf sogt da Bsuff: „No gengans,
de Wöd is rund, vaschdengans?
Und wia ma waas, se draht se,
da Weg zu mia ham zaht se,
do kaun i jo nua hoffn,
wäu i hob zu vü gsoffn-
es muas - i bin ka Dumma-
mei Haus vuariwa kumma.“

Da Möblbocka

„Klawiaschbün kaun i nimma,
denkt si a oide Frau,
des wiad nua a Gewimma
und narrisch wiad mei Mau.
I muas es hoid vakaufn.“
Sie ged zan Telefon
und wöd, daun heat mas schnaufn:
„Is duat de Schbedizion?
Den Fligl, jo, den großn,
es is endlich so weit,
via Schdockweack bis auf d Schdrossn
und schickns nua gnua Leit.“

Am Obnd böd da Dackl,
es leit und vua da Tia
do schdet a muadstrum Lackl
und frogt: „Wo schded s Klawia?“
„Duat hint, owa wo is denn
da Rest vo dea Partie?“

„De liegn scho in da Kistn,
zu Ihna kumm nua i.“

Do schreit de Frau daschrockn
und damet aun de Waund:
„Allanich woinsas pockn ?
Se haum jo nua a Haund!“

Drauf grinst da Möblbocka
und zwengt si duach de Tia:
„Na heans des pock i locka,
oda haums zwa Klawia?“

Oaweitsunfoi

Omand bei an Baugerüst
hod a Pfostn si vatschüsst
und a Maura wü sei Essn
hoin, do hoda gaunts vagessn
auf de Baugerüstmisere
und ea schdeigt-auweh -ins Leere,
hod a Glaumpfm no daglengt,
d Hagsn bamln, do ea hängt.
Untn aufm Gehsteig rennan,
obwois e nix höfn kennan,
d Leit zaum, segn wia da Polia,
feist und bullig wia a Schtia,
higeht und de Haund hihoit,
wo da Mau glei owafoit.
„Heans, gens weg, sans ned so bled,
schreid ana-den kennans ned
aufdafaungan, weu eich schdraasts
beide hin, daun seits a Baats!“

Da Polia grinst drauf: „Na se
haum vielleicht an bledn Schme,
-duat dabei aun d Bian se dupfn
-amoi lossin e aufhupfm."

Heast, Svoboda...

Da Fraunts gehd noch da Hokn ham
und sicht bei an Kastanienbam
an Mau mid ana Glotsn schdeh,
ea sogt zu eam: „Au we, au we,
wos is denn do mid dia bassiad,
heast, Svoboda, i hoff es wiad
nigs beses sei mid Frau und Haus,
wäu du schaust so vaändat aus:
Zeascht woast gaunts dinn und jetst bist blad!“
Drauf sogt da Glotsate: „Sans schdad,
se san varuckt und goschat a,
i haas jo goa ned Svoboda,
se Dummian, schauns ned so bled!”
Do seiftst da Fraunts: „Des gibts do ned,
du host di meina Sö vaändat,
den Nauman host leicht a geändat?“

Patentrasiara

A Mau, dea gean wos neiches hätt,
schdet vola Intaresse
und Wissnsduascht vua an Gerät
auf da Eafindamesse:
Dea Apparat, dea hod kan Gnopf,
ea hod nua in da Mittn,
so gros ois wiara Menschnkopf
a Öffnung einegschnittn.
„Gens, - frogt da Mau - wos soi des sein,
san se ned da Eafinda?“
„Dea bin i und des do is ein
Rasiara ein gaunds gschwinda,
dea mocht ina a Blitsrasua,
hoidns des Gsicht nua eine,
se brauchn kane Händ datsua,
ned iare und ned meine!.“
„Ned jeda hod des gleiche Gsicht,
des wissen scho de Kinda!“,
sogt drauf da Mau. „Nua vuahea nicht!“
sogt grinsat da Eafinda.

Dem Bauan sei Rock

Do hod amoi a brava Baua
de volle Senkgruam aushebm woin,
wäu d‘ Beirin sogt scho ziemlich saua:
„Sunst mias ma uns an Jugo hoin!“
Grod wiaran Kiwe owelost,
kriagta vo hint an festn Schdoss
vom Gasbock und nem eam - na prost -
sei Rock plumpst in de braune Soss.
Da Baua hoid se schnö an Schdock,
riad wütend in da Scheisse um
und schimpft und schreit: „Wo is mei Rock,
den bledn Gasbock bring i um!“
Do kumt a Waundara dahea
und frogt, wos do da Baua mocht.
„I suach mein Rock.“ „Do in dea Soss,
dea schdingatn?”, da Waundra locht:

„Heans auf, wos is mit eana los?
Den Rock den kennans nimma brauchn,
lossns eam drin, dea wiad nigs mea,
dea fäud sei Lebdoch noch da Jauchn,
kaufns an neichn liawa Hea!“
„I pfeif aufs Rekkl, -sogt da Baua-
des woa jo e scho zimlich hin,
nua schdekt - drum bin i jo so saua,
im Rock mei Jausnsemme drinn!“

Galaktisches Geflüster

Im Kosmos treffn se zwa Schdean,
da ane sogt: „I hobs ned gean,
dass mein Pole oiwäu zuckn,
wäu mi de Kontinente juckn
und i mi bluadich grotsn kent!“
Da aundre sogt: „Se haum am End
des, wos vua Millionen Joa
auf meina Haud so lestich woa.
Regns ina deswegn do ned auf,
des head jo e boid wida auf.
De Graungheit kenans ned, na gens,
de nent ma Homo sapiens.“

A Wunda

In Lourdes duach de Gossn rent
a oida Mau und reisst de Händ
mid wüdm Fuchtln in de He
und schreid: „Jetst kaun i wida ge!“
De Menge, de aum Woifoatsoat
grod auf a neiches Wunda woat,
frogt vola Aundocht oba goa
gelämt und ohne Hoffnung woa.
Da Mau dippt se auns Hian und schreid:
„A Wunda, mia? Jo seids es gscheid?
Des Gsindl soi da Deife hoin,
grod hod ma wea mei Radl gschdoin!“

„Jeder findet seinen Meister"
Konditorei Heine 11.10.86
H.G.

Glanes Legsikon

Bledl	dummer Mensch
Bletschn	Verwundung
brakn	schlagen
Boscha	Kracher
brüd	brüllt
Detschn	Ohrfeige
drangln	trinken
einebauntschn	hineinschlagen
Fotsn	Ohrfeige
Gaude	Spaß
Goschn	Mund
Grafflweak	Haufen unbrauchbarer Dinge
gräun	kriechen
Gschea	unangenehme Angelegenheit
Gschdö	Gestell
Gsindl	Gesindel

Hetz	Spaß
hantich	gallige Laune
Kapatsunda	Kapazität
keppeln	schimpfen
Kiwara	Polizist
kleschn	klatschend schlagen
Koda	Kater
Krauna	Krähen
Latschn	Schuhe
Offn	Rausch
Oitaseinsaumkeit	Alterseinsamkeit
ramt a	räumt er
Ruabm	Rübe
scheangln	schielen
schmähschdat	verlegen
schbeiben	erbrechen
vabokkn	verpatzen
vatschüssn	heimlich weggehen
Watschn	Ohrfeige

Inhoitsvazeichnis

H.G. 08

Hermann GOTTFRIED,
geboren in Wien,
Studium des Maschinenbaues
an der TU in Wien,
Lehrer an der HTL TGM,
Vater und Großvater,
seit 33 Jahren
mit seiner Partnerin
Lorli Kaufmann
Puppenspieler im
HE-LO SZENARIUM
in Korneuburg
mobil: 0650 415 81 80
email: hermann.gottfried@yahoo.com

Bisher erschienene Bücher:
„HALBZEIT"
„WANA UN LOCHN"
„IN AN AGWARIUM"
„SPRITZIG, WITZIG, WIENERISCH
Wos mocht a Bäa in da Brigittenau"

HE-LO SZENARIUM
PUPPEN THEATER MUSEUM

Das **HE-LO SZENARIUM** ist die **PuppenTheaterBühne von Korneuburg**
Unsere Adresse: *2100 Korneuburg, Laaer Straße 32*

HE-LO wurde von *Lorli Kaufmann* und *Hermann Gottfried*
vor vierunddreißig Jahren gegründet.

Es gibt bereits mehr als dreißig spezielle Produktionen, darunter als Beispiel *„Die Zauberflöte“* von W.A. Mozart, oder *„Hans im Glück“* von Ludwig Bechstein. Zusätzlich bieten wir eine Vielzahl von *Kasperlstücken!* Ein Spaß für Groß und Klein! Alle unsere Stücke wurden von Anfang an sowohl getextet, als auch in eigener Regie produziert.
Noch eine unserer Spezialitäten:
Wir fertigen alle unsere Spielfiguren zu den diversen Stücken selbst an!

HE-LO spielt in seinem eigenen Theater in Korneuburg monatlich sechs Vorstellungen. Im Sommer dürfen aber auch die Puppen Urlaub machen. Die Kinder werden in unser Spiel eingebunden, dürfen die Puppen auch angreifen und sich damit sogar fotografieren lassen! In unserem kleinem Museum im Spielraum können zahlreiche historische Figuren besichtigt werden.
Es steht auch eine reichhaltige Bibliothek zur Einsichtnahme bereit.

Besuchen Sie uns und lassen Sie sich verzaubern!

Hermann GOTTFRIED
mobil: 0650 415 81 80
email: hermann.gottfried@yahoo.com

Lorli KAUFMANN
mobil: 0650 415 81 90
email: eleonore@tele2.at